TROIS

# MESSÉNIENNES.

## ÉLÉGIES

## SUR LES MALHEURS

DE

## LA FRANCE,

*Par M. Casimir Delavigne.*



IMPRIMERIE DE BAUDOUIN FILS.

PARIS,

LADVOCAT, LIBRAIRE, PALAIS-ROYAL,

GALERIE DE BOIS, N°. 197.

1818.

# PREMIÈRE

# MESSÉNIENNE.

. . . . . . . . . . . . . . . . « J'ai préféré la forme de » l'élégie, que des auteurs très-anciens ont souvent » choisie pour retracer les malheurs des nations. C'est » ainsi que Tyrtée, dans ses élégies, avait décrit en » partie les guerres des Lacédémoniens et des Messé- » niens; Callinus, celles qui de son temps affligèrent » l'Ionie; Mimnerme, la bataille que les Smyrnéens li- » vrèrent à Gygès, roi de Lydie. » (ANACHARSIS, ch. XL, pag. 34.)

Tout le monde a lu, dans le *Voyage d'Anacharsis*, les élégies sur les malheurs de la Messénie; j'ai cru pouvoir emprunter à Barthélemy le titre de MESSÉNIENNES, pour qualifier un genre de poésies nationales qu'on n'a pas encore essayé d'introduire dans notre littérature.

# PREMIÈRE

# MESSÉNIENNE,

SUR

## LA BATAILLE DE WATERLOO *.

Ils ne sont plus, laissez en paix leur cendre;
Par d'injustes clameurs ces braves outragés
A se justifier n'ont pas voulu descendre;
Mais un seul jour les a vengés :
Ils sont tous morts pour vous défendre.

* Cette élégie fut composée au mois de juillet 1815.

Malheur à vous si vos yeux inhumains
N'ont point de pleurs pour la patrie!
Sans force contre vos chagrins,
Contre le mal commun votre ame est aguerrie,
Tremblez ; la mort peut-être étend sur vous ses mains!

Que dis-je? quel Français n'a répandu des larmes
Sur nos défenseurs expirans?
Prêt à revoir les rois qu'il regretta vingt ans,
Quel vieillard n'a rougi du malheur de nos armes?
En pleurant ces guerriers par le destin trahis,
Quel vieillard n'a senti s'éveiller dans son ame
Quelque reste assoupi de cette antique flamme
Qui l'embrasait pour son pays?

Que de leçons, grand Dieu! que d'horribles images
L'histoire d'un seul jour présente aux yeux des rois!
Clio, sans que la plume échappe de ses doigts,
Pourra-t-elle en tracer les pages?

Cachez-moi ces soldats sous le nombre accablés,
Domptés par la fatigue, écrasés par la foudre,
Ces membres palpitans dispersés sur la poudre,
Ces cadavres amoncelés!
Éloignez de mes yeux ce monument funeste

De la fureur des nations :
O mort! épargne ce qui reste.
Varus! rends-nous nos légions!

Les coursiers frappés d'épouvante,
Les chefs et les soldats épars,
Nos aigles et nos étendards
Souillés d'une fange sanglante,
Insultés par les léopards,
Les blessés mourant sur les chars,
Tout se presse sans ordre, et la foule incertaine,
Qui se tourmente en vains efforts,
S'agite, se heurte, se traîne,
Et laisse après soi dans la plaine
Du sang, des débris et des morts.

Parmi des tourbillons de flamme et de fumée,
O douleur! quel spectacle à mes yeux vient s'offrir?
Le bataillon sacré, seul devant une armée,
S'arrête pour mourir.
C'est en vain que, surpris d'une vertu si rare,
Les vainqueurs dans leurs mains retiennent le trépas,
Fier de le conquérir, il y court, s'en empare :
LA GARDE, avait-il dit, MEURT ET NE SE REND PAS.

On dit qu'en les voyant couchés sur la poussière,
D'un respect douloureux frappé par tant d'exploits,
L'ennemi, l'œil fixé sur leur face guerrière,
Les regarda sans peur pour la première fois.

Les voilà ces héros si long-temps invincibles!
Ils menacent encor les vainqueurs étonnés.
Glacés par le trépas, que leurs yeux sont terribles!
Que de hauts faits écrits sur leurs fronts sillonnés!
Ils ont bravé les feux du soleil d'Italie,
De la Castille ils ont franchi les monts;
Et le Nord les a vus marcher sur les glaçons
Dont l'éternel rempart protège la Russie.
Ils avaient tout dompté... Le destin des combats
Leur devait, après tant de gloire,
Ce qu'aux Français naguère il ne refusait pas:
Le bonheur de mourir dans un jour de victoire.

Ah! ne les pleurons pas! sur leurs fronts triomphans
La palme de l'honneur n'a pas été flétrie;
Pleurons sur nous, Français, pleurons sur la patrie:
L'orgueil et l'intérêt divisent ses enfans.
Quel siècle en trahisons fut jamais plus fertile?
L'amour du bien commun de tous les cœurs s'exile:
La timide amitié n'a plus d'épanchemens;

On s'évite, on se craint; la foi n'a plus d'asile,
Et s'enfuit d'épouvante au bruit de nos sermens.

O vertige fatal! déplorables querelles
Qui livrent nos foyers aux fers de l'étranger.
Le glaive étincelant dans nos mains infidelles,
Ensanglante le sein qu'il devrait protéger.

L'ennemi cependant renverse les murailles
De nos forts et de nos cités;
La foudre tonne encore au mépris des traités.
L'incendie et les funérailles
Épouvantent encor nos hameaux dévastés;
D'avides proconsuls dévorent nos provinces;
Et, sous l'écharpe blanche, ou sous les trois couleurs,
Les Français, disputant pour le choix de leurs princes,
Détrônent des drapeaux et proscrivent des fleurs.

Des soldats de la Germanie
J'ai vu les coursiers vagabonds
Dans nos jardins pompeux errer sur les gazons,
Parmi ces demi-dieux qu'enfanta le génie.
J'ai vu des bataillons, des tentes et des chars,
Et l'appareil d'un camp dans le temple des arts.
Faut-il, muets témoins, dévorer tant d'outrages?

Faut-il que le Français, l'olivier dans la main,
Reste insensible et froid comme ces dieux d'airain
Dont ils insultent les images?

Nous devons tous nos maux à ces divisions
Que nourrit notre intolérance.
Il est temps d'immoler au bonheur de la France
Cet orgueil ombrageux de nos opinions.
Étouffons le flambeau des guerres intestines.
Soldats, le Ciel prononce, il relève les lis :
Adoptez les couleurs du héros de Bovines,
En donnant une larme aux drapeaux d'Austerlitz.

France, réveille-toi! qu'un courroux unanime
Enfante des guerriers autour du souverain!
Divisés, désarmés, le vainqueur nous opprime;
Présentons-lui la paix les armes à la main.

Et vous, peuples si fiers du trépas de nos braves,
Vous, les témoins de notre deuil,
Ne croyez pas, dans votre orgueil,
Que, pour être vaincus, les Français soient esclaves.
Gardez-vous d'irriter nos vengeurs à venir;
Peut-être que le Ciel, lassé de nous punir,

Seconderait notre courage,
Et qu'un autre Germanicus
Irait demander compte aux Germains d'un autre âge
De la défaite de Varus.

---

# SECONDE

# MESSÉNIENNE.

# SECONDE

# MESSÉNIENNE

SUR

## LA DÉVASTATION DU MUSÉE

### ET DES MONUMENS.

La sainte vérité qui m'échauffe et m'inspire,
Écarte et foule aux pieds les voiles imposteurs :
Ma muse de nos maux flétrira les auteurs,
Dussé-je voir briser ma lyre
Par le glaive insolent de nos libérateurs.

Où vont ces chars pesans conduits par leurs cohortes ?
Sous les voutes du Louvre ils marchent à pas lens :

Ils s'arrêtent devant ses portes;
Viennent-ils lui ravir ses sacrés ornemens?

Muses, penchez vos têtes abattues :
Du siècle de Léon les chefs-d'œuvre divins
Sous un ciel sans clarté suivront les froids Germains;
Les vaisseaux d'Albion attendent nos statues.
Des profanateurs inhumains
Vont-ils anéantir tant de veilles savantes?
Porteront-ils le fer sur les toiles vivantes,
Que Raphaël anima de ses mains?

Dieu du jour, Dieu des vers, ils brisent ton image.
C'en est fait : la victoire et la divinité
Ne couronnent plus ton visage
D'une double immortalité.
C'en est fait : loin de toi jette un arc inutile.
Non, tu n'inspiras point le vieux chantre d'Achille;
Non, tu n'es pas le dieu qui vengea les neuf sœurs
Des fureurs d'un monstre sauvage,
Toi qui n'as pas un trait pour venger ton outrage
Et terrasser tes ravisseurs.

Le deuil est aux bosquets du Gnide
Muet, pâle et le front baissé,

L'amour, que la guerre intimide,
Éteint son flambeau renversé.
Des grâces la troupe légère
L'interroge sur ses douleurs :
Il leur dit, en versant des pleurs,
« J'ai vu Mars outrager ma mère *. »

Je crois entendre encor les clameurs des soldats
Entraînant la jeune immortelle :
Le fer a mutilé ses membres délicats,
Hélas ! elle semblait, et plus chaste et plus belle,
Cacher sa honte entre leurs bras.
Dans un fort pris d'assaut telle une vierge en larmes,
Aux yeux des forcenés dont l'insolente ardeur
Déchira les tissus qui dérobaient ses charmes,
Se voile encor de sa pudeur.

Adieu, débris fameux de Grèce et d'Ausonie,
Et vous tableaux errans de climats en climats;
Adieu, Corrége, Albane, immortel Phidias;
Adieu, les arts et le génie!

Noble France, pardonne! A tes pompeux travaux,

---

* La Vénus de Médicis.

Aux Pujet, aux Le Brun ma douleur fait injure.
David a ramené son siècle à la Nature :
Parmi ses nourrissons il compte des rivaux...
Laissons la s'élever cette école nouvelle!
Le laurier de David de lauriers entouré,
Fier de ses rejetons, enfante un bois sacré
Qui protége les arts de son ombre éternelle.

Le marbre animé parle aux yeux :
Une autre Vénus plus féconde,
Près d'Hercule victorieux
Étend son flambeau sur le monde.
Ajax, de son pied furieux
Insulte au flot qui se retire;
L'œil superbe, un bras dans les cieux,
Il s'élance, et je l'entends dire :
« J'échapperai malgré les dieux. »

Mais quels monceaux de morts! que de spectres livides!
Ils tombent dans Jaffa ces vieux soldats français
Qui réveillaient naguère, au bruit de leurs succès,
Les siècles entassés au fond des Pyramides.
Ah! fuyons ces bords meurtriers!
D'où te vient, Austerlitz, l'éclat qui t'environne?
Qui dois-je couronner du peintre ou des guerriers?
Les guerriers et le peintre ont droit à la couronne.

Des chefs-d'œuvres français naissent de toutes parts;
Ils surprennent mon cœur à d'invincibles charmes :
Au déluge, en tremblant, j'applaudis par mes larmes;
Didon enchante mes regards;
Versant sur un beau corps sa clarté caressante,
A travers le feuillage un faible et doux rayon
Porte les baisers d'une amante
Sur les lèvres d'Endymion;
De son flambeau vengeur Némésis m'épouvante!
Je frémis avec Phèdre, et n'ose interroger
L'accusé dédaigneux qui semble la juger.
Je vois Léonidas. O courage, ô patrie!
Trois cents héros sont morts dans ce détroit fameux;
Trois cents! quel souvenir!... Je pleure... et je m'écrie:
Dix-huit mille Français ont expiré comme eux!

Oui : j'en suis fier encor : ma patrie est l'asile,
Elle est le temple des beaux arts :
A l'ombre de nos étendarts,
Ils reviendront ces dieux que la fortune exile.

L'étranger qui nous trompe écrase impunément
La justice et la foi sous le glaive étouffés;
Il ternit pour jamais sa splendeur d'un moment.
Il triomphe en barbare et brise nos trophées :

Que cet orgueil est misérable et vain!
Croit-il anéantir tous nos titres de gloire?
On peut les effacer sur le marbre ou l'airain;
Qui les effacera du livre de l'histoire?

Ah! tant que le soleil luira sur vos états
Il en doit éclairer d'impérissables marques.
Comment disparaîtront, ô superbes monarques,
Ces champs où les lauriers croissaient pour nos soldats?
Allez, détruisez-donc tant de cités royales
Dont les clefs d'or suivaient nos pompes triomphales:
Comblez ces fleuves écumans
Qui nous ont opposé d'impuissantes barrières;
Applanissez ces monts dont les rochers fumans
Tremblaient sous nos foudres guerrières.
Voilà nos monumens : c'est là que nos exploits
Redoutent peu l'orgueil d'une injuste victoire:
Le fer, le feu, le temps plus puissant que les rois,
Ne peut rien contre leur mémoire.

# TROISIÈME
# MESSÉNIENNE.

# TROISIÈME
# MESSÉNIENNE,

SUR

## LE BESOIN DE S'UNIR

APRÈS LE DÉPART

## DES ÉTRANGERS.

O toi que l'Univers adore,
O toi que maudit l'Univers,
Fortune, dont la main, du couchant à l'aurore,
Dispense les lauriers, les sceptres et les fers,
Ton aveugle courroux nous garde-t-il encore
Des triomphes et des revers?

Nos malheurs trop fameux proclament ta puissance;
Tes jeux furent sanglans dans notre belle France :
Le peuple trop instruit, trop jaloux de ses droits,
Sur les débris du trône établit son empire,
Poussa la liberté jusqu'au mépris des lois,
Et la raison jusqu'au délire.

Bientôt au premier rang porté par ses exploits,
Un roi nouveau brisa d'un sceptre despotique
Les faisceaux de la République,
Tout dégoûtans du sang des rois.

Pour affermir son trône, il lassa la victoire,
D'un peuple généreux prodigua la valeur;
L'Europe qu'il bravait a fléchi sous sa gloire :
Elle insulte à notre malheur.
C'est qu'ils ne vivent plus que dans notre mémoire
Ces guerriers dont le Nord a moissonné la fleur.
O désastre! ô pitié! jour à jamais célèbre,
Où ce cri s'éleva dans la patrie en deuil :
Ils sont morts, et Moscow fut le flambeau funèbre
Qui prêta ses clartés à leur vaste cercueil.

Ces règnes d'un moment et ces chûtes soudaines,
Tant d'incroyables changemens

Ont laissé des levains de discorde et de haines
Dans nos esprits plus turbulens.

Cessant de comprimer la fièvre qui l'agite,
Le fier républicain, sourd aux leçons du temps,
Appelle avec fureur, dans ses rêves ardens,
Une liberté sans limite;
Mais cette liberté fut féconde en forfaits :
Cet océan trompeur, qui n'a point de rivages,
N'est connu jusqu'à nous que par de grands naufrages
Dans les annales des Français.

« Que nos maux, direz-vous, nous soient du moins utiles :
» Opposons une digue aux tempêtes civiles ;
» Que deux pouvoirs rivaux, l'un émané des rois,
» L'autre sorti du peuple et garant de ses droits,
» Libres et dépendans, offrent au rang suprême
» Un rempart contre nous, un frein contre lui-même. »

Vainement la raison vous dicte ces discours;
L'égoïsme et l'orgueil sont aveugles et sourds :
Cet amant du passé, que le présent irrite,
Jaloux de voir ses rois d'entraves dégagés,
Le front baissé, se précipite
Sous la verge des préjugés.

Quoi! toujours des partis proclamés légitimes,
Tant qu'ils règnent sur nos débris,
L'un par l'autre abattus, proscrivant ou proscrits,
Tour à tour tyrans ou victimes!

Empire malheureux, voilà donc ton destin!...
Français, ne dites plus : « La France nous est chère »;
Elle désavouerait votre amour inhumain.
Cessez, enfans ingrats, d'embrasser votre mère,
Pour vous étouffer dans son sein.
Contre ses ennemis tournez votre courage;
Au conseil des vainqueurs son sort est agité :
Ces rois qui l'encensaient, fiers de leur esclavage,
Vont lui vendre la liberté.

Non, ce n'est pas en vain que sa voix nous appelle;
Et, s'ils ont prétendu, par d'infâmes traités,
Imprimer sur nos fronts une tache éternelle;
Si de leur doigt superbe ils marquent les cités
Que veut se partager une ligue infidelle;
Si la foi des sermens n'est qu'un garant trompeur;
Si le glaive à la main l'iniquité l'emporte;
Si la France n'est plus, si la patrie est morte,
Mourons tous avec elle, ou rendons-lui l'honneur.

Qu'entends-je, et d'où vient cette ivressse
Qui semble croître dans son cours!
Quels chants, quels transports d'allégresse!
Quel bruyant et nombreux concours!
Des citoyens ravis la foule au loin se presse;
D'une plus noble ardeur leurs yeux sont embrasés;
Ils s'arrêtent l'un l'autre, ils s'embrassent; nos braves
Lèvent plus fièrement leurs fronts cicatrisés...
Oui, l'étranger s'éloigne; oui, vos fers sont brisés,
Français; vous n'êtes plus esclaves!

Reprends ton orgueil,
Ma noble patrie;
Quitte enfin ton deuil,
Liberté chérie;
Liberté, patrie,
Sortez du cercueil!...

Trente ans de victoire
Ont dû nous venger :
Laissons l'étranger
Vanter de sa gloire
L'éclat passager.
S'il insulte à nos maux, méprisons ses injures;
Riche des étendards conquis sur nos rivaux,

La patrie à leurs yeux peut voiler ses blessures,
En les cachant sous leurs drapeaux.

Voulons-nous enchaîner leurs fureurs impuissantes,
Soyons unis, Français; nous ne les verrons plus
Nous dicter d'Albion les décrets absolus,
Arborer sur nos tours ses couleurs menaçantes.
Nous ne les verrons plus, le front ceint de lauriers,
Troublant de leur aspect les fêtes du génie,
Chez Melpomène et Polymnie
Usurper une place où siégeaient nos guerriers.
Nous ne les verrons plus nous accorder par grace
Une part des trésors flottans sur nos sillons.
Soyons unis, jamais leurs bataillons
De nos champs envahis ne couvriront la face :
La France dans son sein ne les peut endurer,
Et ne les recevrait que pour les dévorer.

Ah! ne l'oublions pas; naguères dans ces plaines
Où le sort nous abandonna,
Nous n'avions pas porté des ames moins Romaines,
Qu'aux champs de Rivoli, de Fleurus, d'Jéna;
Mais nos divisions nous y forgeaient des chaînes.
Effrayante leçon qui doit unir nos cœurs
Par des liens indestructibles :

Le courage fait des vainqueurs,
La concorde des invincibles.

Henri, divin Henri, toi qui fus grand et bon,
Qui chassas l'Espagnol et finis nos misères,
Les partis sont d'accord en prononçant ton nom,
Henri, de tes enfans fais un peuple de frères.
Ton image déjà semble nous protéger ;
Tu renaîs ; avec toi renaît l'indépendance :
O roi le plus Français dont s'honore la France,
Il est dans ton destin de voir fuir l'étranger!

Et toi, son digne fils, après vingt ans d'orage,
Règne sur des sujets par toi-même ennoblis.
Leurs droits sont consacrés dans ton plus bel ouvrage :
Oui ce grand monument, affermi d'âge en âge,
Doit couvrir de son ombre et le peuple et les lis.
Il est des opprimés l'asile impérissable,
La terreur du tyran, du ministre coupable,
Le temple de nos libertés.
Que la France prospère en tes mains magnanimes,
Que tes jours soient sereins, tes décrets respectés,
Toi, qui proclames ces maximes!
O rois, pour commander, obéissez aux lois;
Peuple, en obéissant, sois libre sous tes rois!

www.ingramcontent.com/pod-product-compliance
Ingram Content Group UK Ltd.
Pitfield, Milton Keynes, MK11 3LW, UK
UKHW032029260826
14628UKWH00006B/2827

9 782019 704865